Arnold Schaefer

Goethe's Stellung zur deutschen Nation

Antigonos

Arnold Schaefer

Goethe's Stellung zur deutschen Nation

Unveränderter Nachdruck der Originalausgabe von 1880.

1. Auflage 2024 | ISBN: 978-3-38693-795-5

Antigonos Verlag ist ein Imprint der Outlook Verlagsgesellschaft mbH.

Verlag: Outlook Verlag GmbH, Zeilweg 44, 60439 Frankfurt, Deutschland
Vertretungsberechtigt: E. Roepke, Zeilweg 44, 60439 Frankfurt, Deutschland
Druck: Libri Plureos GmbH, Friedensallee 273, 22763 Hamburg, Deutschland

Goethe's Stellung

zur

deutschen Nation.

Von

Dr. Arnold Schaefer,

o. ö. Professor an der Universität Bonn.

———— ✳ ————

Goethe's Stellung zur deutschen Nation.

Wie viel unser Volk für die Bewahrung und Wieder=
belebung des nationalen Geistes seinen Dichtern und Schrift=
stellern zu verdanken hat, ist jedem wohlbewußt, der die Ge=
schichte aufmerksam erwägt. Im Verlaufe von Jahrhunderten
war unsere Reichsverfassung erstarrt, das Kaiserthum wandte
sich von den deutschen Interessen ab, die einzelnen Glieder des
Reiches sonderten sich; zu der territorialen Scheidung trat
kirchlicher Zwiespalt hinzu und innere Kriege zehrten an unserem
Herzblute; fremde Uebermacht riß unsere Grenzmarken ab und
schaltete über uns, kurz der deutsche Name schien untergehen
zu sollen. In dieser Trübsal und Verkümmerung blieb das
einzige Band, welches unser zersplittertes Volk noch zusammen=
hielt, das Gedächtniß einer thatenreichen Vergangenheit, die
gemeinsame Sprache, die gemeinsame Litteratur. Zwar hul=
digte auch die deutsche Poesie der Nachahmung fremder Vor=
bilder, sie entäußerte sich der freien Bewegung und verfiel in
steife Pedanterie. Aber sie barg in ihrem Schooße eblere
Keime und begann, je mehr die Schäden der verheerenden Kriege
verwunden wurden und die wirthschaftliche Lage sich besserte,

sich emporzuringen und frische Triebe zu erzeugen. Gelehrte Studien des klassischen Alterthums wiesen die Bahn. An die Stelle französischer Muster trat das Vorbild der Antike und die Erneuerung klassischer Formen. Die Dichter steckten sich höhere Ziele: Klopstock und Lessing machten uns frei von den hergebrachten Schultheorien und lehrten unsere Sprache in Versen und in Prosa einen höheren Flug und gedrungene Kraft. So regte sich unsere Litteratur zu neuem Aufschwunge, erst in engeren Kreisen und Genossenschaften vornehmlich Norddeutsch= lands, aber allmählich ward unser Volk von dem Lebensodem ergriffen, der in Sturm und Drang unsere Dichtkunst neu be= seelte. So gewaltig regte sich der Volksgeist, daß der Umsturz des römischen Reiches deutscher Nation und seines Kaiserthums, ja der tiefe Fall des preußischen Staates ihn nicht zu dämpfen vermochte, sondern daß gerade unter dem Drucke der Fremdherr= schaft die nationale Gesinnung zu edlem Zorne erstarkte und, als die Stunde kam, in vollen Klängen und in männlichen Thaten hervorbrach. So ward durch unsere Litteratur das deutsche Leben wiedergeboren, und die verjüngte Nation rastete nicht, bis schließlich auch, was in Geist und Bildung zusammen= gehörte, in staatlichen Formen sich zusammenschloß, bis das deutsche Reich erneuert und das Kaiserthum hergestellt war.

Wenn wir diesen in der Weltgeschichte einzigen Vorgang überdenken, daß ein Volk, welches schon einmal eine ruhmvolle Zeit und eine schöne Blüte der Poesie durchlebt hat, wie das unsere im staufischen Zeitalter, nach langem Verfalle seiner Macht und scheinbarem Versiegen seiner schöpferischen Kraft, sich wieder aufschwingt zu einer zweiten reicheren Blüte seiner Litteratur und durch seine Thaten sich einen Ehrenplatz unter den Weltmächten erringt, so fragen wir uns billig, wer sind die Männer gewesen, welche die schlummernden Kräfte geweckt, welche den Bann gelöst, der uns befangen hielt, und werden uns gern bewußt, was wir unsern Meistern zu verdanken haben. So lassen Sie uns in dieser Stunde betrachten, was unser größter Dichter, was Goethe zu der Entwicklung unseres Nationalgeistes beigetragen hat. Wir erwägen hiebei, wie hat Goethe in und mit unserem Volke gelebt, und wie hat er durch seine Werke auf unser nationales Leben eingewirkt: denn beides geht Hand in Hand.

Die Verhältnisse, unter denen Goethe geboren wurde und seine Jugend verlebte, boten ihm früh eine Anschauung der öffentlichen Zustände. Die freie Reichsstadt Frankfurt bildete ein auf alte Rechtsgewohnheiten festgegründetes Gemeinwesen, welches vielen ihrer Bürger Spielraum zu ersprießlicher Thätigkeit gewährte. Die Lage an dem schiffbaren Flusse und an den sich kreuzenden Heerstraßen, die belebten Messen förderten den Handel und eröffneten damit den Blick in die Ferne. Der rege Fremdenverkehr führte bei der Gastfreundschaft, die als Ehrenpflicht galt, viele bedeutende Männer in Goethe's und seiner Verwandten Haus. Stolz auf ihr Bürgerthum hielten die Frankfurter Patricier sich dem Adel gleich. Da Goethe's mütterlicher Großvater, der kaiserliche Rath Textor, als Schultheiß an der Spitze des Gemeinwesens stand, hatte schon der Knabe Gelegenheit in das Getriebe der Verwaltung zu blicken, von ihren Gebrechen zu erfahren und die Geschichte der inneren Kämpfe zu vernehmen, unter denen die reichsstädtische Verfassung sich ausgebildet hatte. Bot die Stadt auch nichts architektonisch bedeutendes, so schloß sie doch in ihren Mauern Gebäude ein, an die sich große Erinnerungen hefteten: die alte Burg Karls des Großen den Saalhof, den Römer, den Dom, die Stätten der Wahl und Krönung der Kaiser. Der Anblick der Bildnisse im Saale des Römers reizte dazu an, die Geschichte der Kaiser zu kennen. Karl der Große, Rudolf von Habsburg, Karl IV., Maximilian I. wurden dem Knaben lebendige Gestalten, und aus jüngster Zeit vernahm er oft und gern die Erzählungen von der Pracht, mit der die Krönung des Bayern Karl VII. gefeiert war, auf französische Kosten, ihm und dem Reiche nicht zum Segen; und von den freudiger bewegten Tagen der Krönung des Lothringers Franz I., in Gegenwart seiner Gemahlin Maria Theresia, deren Schönheit und Liebenswürdigkeit alle Herzen gewann und den Jubel des Volkes auf's höchste steigerte.

Der Friede, in welchem Goethe seine ersten Jahre verlebte, hatte keinen Bestand. Maria Theresia konnte den Verlust von Schlesien nicht verschmerzen: „um Preußen zu zergliedern", wie das Stichwort lautete, spann sie mit Rußland und Frankreich die Fäden eines Netzes, in welchem sie ihren Gegner sicher zu fassen gedachte, bis Friedrich der Große mit dem Einmarsche in Sachsen den Knoten durchhieb, ehe er völlig geschürzt war. Der siebenjährige Krieg spaltete Deutschland in zwei Parteien. Der Reichstag zu Regensburg verfügte die Execution gegen Friedrich von Preußen; auch Frankfurt stellte sein Contingent zu der Reichsarmee. Aber hier wie in anderen zum Reichskriege entbotenen Städten und Landschaften zählte die Sache Preußens warme Anhänger. Während der Großvater Textor dem österreichischen Hofe und den diesem verbündeten Franzosen anhing, herrschte im Goethischen Hause die Bewunderung Friedrichs des Großen: war doch auch der Vater Goethe von Karl VII., dem Gegner Maria Theresias, zum Kaiserlichen Rathe ernannt worden. Die Erlebnisse aus jenen Kriegsjahren hat Goethe später in Dichtung und Wahrheit geschildert und damit uns ein Lebensbild vorgeführt, wie es anschaulicher kein gleichzeitiger Schriftsteller uns darbietet.

Auch der Knabe Goethe war preußisch oder, um richtiger zu reden, Fritzisch gesinnt, „denn was ging uns Preußen an. Es „war die Persönlichkeit des großen Königs, die auf alle Ge= „müther wirkte“. Im Hause der Großeltern wollte ihm kein Bissen mehr schmecken, denn hier mußte er seinen Helden auf's greulichste verleumden hören. Und nicht blos von ferne ver= nahm man die Donner des Krieges. Zu Neujahr 1759 drangen, nicht ohne Vorwissen und Antheil des Großvaters Textor, fran= zösische Truppen gewaltsam in die freie Reichsstadt ein und nahmen dort Quartier: am nächsten Charfreitag ward nahe vor den Thoren der Stadt dem Heere Ferdinands von Braun= schweig die Schlacht bei Bergen geliefert. Im Goethischen Hause hatte der Königslieutenant Graf Thorane, ein Mann von edler Gesinnung und feinster Bildung, seine Wohnung ge= nommen: aber der Vater bezwang auch ihm gegenüber seinen Groll nicht. Ja er erwiederte den Glückwunsch des französischen Grafen zu dem guten Verlaufe der Schlacht mit dem grim= migen Worte: „Ich wollte, sie hätten Euch zum Teufel gejagt, „und wenn ich hätte mitfahren sollen“. Der Friede von Huberts= burg, welcher Friedrich den Großen in dem unverminderten Um= fange seiner Staaten befestigte, war ein Fest für das Goethische Haus. Zu diesem längst erhofften Tage schenkte der Vater Goethe's der Mutter eine mit Brillanten besetzte Dose, an der lange Zeit gearbeitet war, und mit Wärme gedenkt Goethe des Friedensfestes, unter dessen glücklichen Folgen der größte Theil seines Lebens verfließen sollte.

Ein Ergebniß jenes Friedens war die Erwählung Jo= sephs II. zum römischen Könige noch bei Lebzeiten seines Vaters Franz I. (1764), und diese Wahlhandlung sollte sich unter Goethe's Augen in Frankfurt vollziehen. Damit wurde das alte Reich wieder lebendig, mit allen seinen Förmlichkeiten, dem Streite um Vorrang und Privilegien, in welchem ein Reichsstand den andern zu überbieten suchte, endlich mit der Vollziehung der Wahl, dem Einzuge des Kaisers und des Königs und der Krönung Josephs II., welche mehr einer Mummerei als einer ernsten Handlung ähnlich sah, denn der junge König schleppte sich in den ungeheuren Gewandstücken Karls des Großen wie in einer Verkleidung umher, so daß er selbst sich des Lächelns nicht enthalten konnte. Goethe hatte Gelegenheit nicht nur alle Schaustellungen zu sehen, sondern den inneren Gang der Dinge zu gewahren durch seine Verwandten und durch Geschäftsträger, welche zu dem Wahltage abgeordnet waren: wer gedenkt nicht gern der anziehenden Schilderung, in welcher er diese Jugendeindrücke wiedergegeben hat. Auf den wahren Stand der Dinge wirft ein scharfes Licht, wenn er schreibt, daß in diesen Tagen kaiserlicher Herrlichkeit aller Augen sich vornehmlich auf Herrn von Plotho richteten, den preußischen Gesandten, der zu Regensburg den Reichsfiskal, welcher die gegen seinen König eingeleitete Achtserklärung zu insinuiren gedachte, mit der lakonischen Gegenrede: „Was? Er Flegel insinuiren?" die Treppe hinunterzuwerfen befahl. So hoch stand der große König und was ihm mit Leib und Seele ergeben war in der Gunst der Menge.

Die Kenntniß der Reichsverfassung und Reichsgeschichte, für welche die öffentlichen Vorgänge den Sinn belebten, wurde gleichzeitig gefördert durch Goethe's Umgang mit bedeutenden Männern. Ich nenne Karl Friedrich von Moser, ausgezeichnet durch seinen Charakter sowohl als seine Kenntniß des Staatsrechts, bewährt als Schriftsteller und Geschäftsmann, namentlich an dem nahen Darmstädter Hofe; den gelehrten Schöffen Joh. Daniel von Olenschlager, welcher u. a. Goethe den Inhalt und die Bedeutung der goldenen Bulle Karls IV. auseinandersetzte; besonderen Eindruck machte auf ihn der Eingang: „Jedes „in sich gespaltene Reich wird wüste werden, denn seine Fürsten „sind Genossen der Diebe geworden".

Was Goethe sah und vernahm brachte ihn zu der Erkennt= niß, daß die Reichsinstitutionen unrettbarem Untergange ver= fallen seien, und in dieser Ueberzeugung bestärkte er sich während seiner Studienjahre nur noch entschiedener. In dem mit trockener Gelehrsamkeit vorgetragenen Colleg des Hofraths Böhme zu Leipzig über deutsches Staatsrecht zeichnete er, statt gehörig nachzuschreiben, den Kammerrichter, die Präsidenten und Bei= sitzer mit seltsamen Perrücken an den Rand seines Heftes. An dem Reichskammergericht zu Wetzlar überzeugte er sich vollends, mit wie unzulänglichen Mitteln einem großen Zwecke nachge= strebt war. Hatten sich doch 20,000 Processe aufgehäuft, zu denen alljährlich neuer Actenwust unerledigt hinzukam; auf die von Joseph II. angeordnete Visitation warteten 50,000 Revi= sionen. Kurz der monströse Zustand des durchaus kranken Reichs= körpers, der nur durch ein Wunder am Leben erhalten zu werden schien, trat überall zu Tage.

Aus solchen Erlebnissen und Erfahrungen erklärt es sich, daß Goethe keine Freude an einem Ganzen hegen konnte, das keinen Zusammenhalt mehr hatte und dem Widerspiel der Theile erlag. Er gewann Einsicht in die Geschichte; der Ur= sprung und die frühere Bedeutung der Reichseinrichtungen und Gesetze zog ihn an; in der Gegenwart sah er tüchtige Kräfte nur in den einzelnen deutschen Landen und Gebieten thätig und wirksam.

Aber dem Jüngling Goethe erschloß sich nicht allein die Geschichte des deutschen Reiches in ihrer Mannigfaltigkeit und Verworrenheit, sondern er lebte auch in den Denkmälern un= serer Vorzeit. Ueberall wohin er von seiner Vaterstadt wan=

berte, stieß er auf Trümmer aus vergangenen Jahrhunderten. Diese reizten seine Phantasie: gleich von seiner ersten Reise in den Taunus und nach Mainz schreibt er: „Ich traf kein ver= „fallenes Schloß, kein Gemäuer, daß ich es nicht für einen „würdigen Gegenstand gehalten und so gut als möglich nach= „gebildet hätte". Noch war ihm für mittelalterliche Bauten das Verständniß nicht aufgegangen. Mainz konnte seinen jugendlichen Sinn nicht fesseln. Sowohl Leipzig, wo er die Universität bezog, als Dresden waren moderne Städte: was er dort von Kunstwerken sah und was er aus Winkelmann's und Lessing's Schriften an Belehrung schöpfte, galt Kunst des Alterthums oder der Renaissance. Was deutsche Meister vor Jahrhunderten geschaffen, erkannte er staunend und bewun= dernd erst zu Straßburg im Angesichte des Münsters.

Damals waren die Bauhütten verödet, Maße und Gesetze unserer Meister vergessen, die schönsten Kirchen dem Verfalle preisgegeben oder mit unpassenden Zuthaten entstellt und verbaut. Unter die Rubrik Gothisch häufte man alle Mißverständnisse von Ungeordnetem, Unnatürlichem: „Es grauste uns im Gehen", sagt Goethe, „vor dem Anblick eines mißgeformten krausborstigen Ungeheuers". Da schaute er das herrliche Werk Erwin's von Steinbach und ward von unerwarteten Empfindungen über= rascht, welche er in den Blättern „von deutscher Baukunst" 1771 mit feuriger Begeisterung geschildert hat. „Wie frisch „leuchtete der Münster im Morgenduftglanz mir entgegen, wie „froh konnt' ich schauen die großen harmonischen Massen, zu „unzählig kleinen Theilen belebt; wie in Werken der ewigen „Natur bis auf's geringste Fäserchen alles Gestalt, und alles „zweckend zum Ganzen; wie das festgegründete ungeheure Ge= „bäude sich leicht in die Luft hebt; wie durchbrochen alles und „doch für die Ewigkeit." Da verkündigt er laut: „Das ist

„deutsche Baukunst, unsere Baukunst, da der Italiener sich keiner
„eigenen rühmen kann, noch weniger der Franzose".

Mit dieser Schrift weckte Goethe die erstorbene Liebe für
die Kunst unserer Vorfahren. In ihm selbst erlosch jener
erste Eindruck seit der Entfernung von Straßburg, er hatte sich
mehr und mehr in die Antike eingelebt. Aber der Funke, den
er angeschlagen, zündete in deutschen Gemüthern, vor allen andern
der Brüder Boisserée. Sie fühlten sich Goethe geistesverwandt in
der Liebe zur deutschen Kunst. Seit dem Jahre 1810 theilten
sie ihm mit, was sie entdeckt und gerettet und weckten Goethe's
Neigung von neuem: er begleitete fortan ihre Arbeiten und
Publicationen mit warmem Antheil. Zumal mit Sulpiz Boisserée,
der 1811 sein Gast war, schloß Goethe einen treuen Sinnes- und
Herzensbund. Durch ihn ward Goethe mit dem Kölner Dom
und dessen durch glückliche Fügung wieder aufgefundenem Plane
bekannt und besuchte selbst im Jahre 1815 mit dem Freiherrn
von Stein die rheinische Metropole. Er schildert uns den
Eindruck, welchen die ehrwürdige Ruine des Domes auf ihn
machte, zuerst als ein Zeugniß der Unzulänglichkeit des Menschen,
sobald er sich unterfängt, etwas Ungeheures leisten zu wollen:
„Nur wenn wir in das Chor treten, wo das Vollendete uns
„mit überraschender Harmonie anspricht, da erstaunen wir
„fröhlich, da erschrecken wir freudig, und fühlen unsere Sehn-
„sucht mehr als erfüllt". Dagegen konnte sich Goethe's auf
Licht und Klarheit gerichteter Sinn mit dem mancherlei Un-
genießbaren, was die modernen religiösen Mittelältler, Görres
und Genossen, förderten und beförderten, niemals befreunden.

Wie das Entzücken an der ungeahnten Herrlichkeit deutscher
Baukunst, so empfand Goethe im Elsaß in tieferer Seele der
Liebe Lust und Leid und stimmte in vollen Klängen deutsche
Lieder an, nicht gelehrt und gekünstelt, sondern dem Borne

echter Poesie entquollen, dem Volksmunde abgelauscht oder volksthümlich gedichtet und überall, soweit die deutsche Zunge klingt, nachgesungen. Ich darf diese herzerquickenden Dichtungen hier nur mit einem Worte berühren, aber das muß ich hervorheben, daß in der Goethischen Poesie die deutsche Sprache ihren Reichthum, ihren leichten Fluß, ihre Freudigkeit, ihre Anmuth wiedergewonnen, daß er anknüpfte nicht an Opitz und seine schulmeisterlichen Nachfolger, sondern wie an das Volkslied so an den bisher ungebührlich verspotteten Meister Hans Sachs, den er wieder zu Ehren brachte; daß er den Reim beseelte und mit lange nicht vernommenem Wohllaute anwandte. Diese Lyrik lebte und webte in der deutschen Natur: statt des strafferen norddeutschen Wesens war sie durchdrungen von dem freieren, frischeren süddeutschen Sinn, sagen wir geradezu sie athmete rheinische Luft. Wenn Goethe im Kreise seiner Freunde vom Altan des Münsters mit gefüllten Römern in die heitere Landschaft hinausschaute, welche dort vor ihren seligen Blicken lag, oder wenn er durch Feld und Wald an den Vogesen oder drüben an den Bergen des Schwarzwaldes zu Fuß oder zu Pferd umherstreifte, ward ihm das deutsche Land und das deutsche Volk lieb und werth, und seine Dichtungen sprachen aus, was gleichgesinnte Seelen ihm nachempfanden. Damit hat er unserem Volke ein unvergängliches Geschenk geboten und eine unversiegliche Quelle echter Freude und Lebensgenusses erschlossen.

Ich nannte das deutsche Land. Mochte auch Goethe zu der Universität Straßburg durch die Erwägung geführt sein, daß er dort in der halbwälsch gewordenen Stadt der französischen Sprache und Litteratur näher treten werde: die Wirkung ist gerade die entgegengesetzte gewesen. Die bedeutendsten Lehrer, welche Goethe schätzen lernte, vor allem der ehrwürdige

Schöpflin, der in dieser Zeit starb, und seine Schüler Koch und Oberlin, waren gediegene Kenner der Landesgeschichte, tüchtige Jünger und Vertreter deutscher Wissenschaft. Was von Franzosenthum an Goethe herantrat, stieß den Jüngling vielmehr ab als es ihn anzog: er ward sich der Vorzüge des Deutschen bewußt. Die französische Litteratur, bejahrt und vornehm geworden, jeder Frische entbehrend, fesselte ihn nicht: er und seine Freunde verschmähten es anders als in der Muttersprache zu reden: kurz an der Grenze von Frankreich ward Goethe des französischen Wesens bar und ledig. Durch Herder gewann er die Erkenntniß dessen, was er längst ge= ahnt, daß die Poesie nicht ein Kunstproduct, sondern eine Welt= und Völkergabe sei, und fand in der Volksdichtung, in Homer, in Shakespeare seiner würdige Vorbilder. Dem Wirk= lichen eine poetische Gestalt zu geben, darin eröffnete sich ihm sein Dichterberuf. Schon damals gestaltete sich der Faust, der ihm zur Lebensaufgabe wurde: Götz von Berlichingen baute sich in seinem Geiste auf, denn das deutsche Leben des fünf= zehnten und sechzehnten Jahrhunderts behielt seine Macht über Goethe's Gemüth. In gleicher Gesinnung hat er wenige Jahre später Hans Sachsens poetische Sendung in die Worte gefaßt:

> Die Welt soll vor dir stehn,
> Wie Albrecht Dürer sie hat gesehn,
> Ihr festes Leben und Männlichkeit,
> Ihre innere Kraft und Ständigkeit.
> Der Natur Genius an der Hand
> Soll dich führen durch alle Land.

Der Straßburger Lehrzeit folgte bald der Aufenthalt in Wetzlar und in ihm der Kampf der Gefühle, welchem der Dichter in Werthers Leiden den tiefergreifenden Ausdruck gab. Aber während er mit diesem Werke die deutsche Jugend hin=

riß, überwand er innerlich und reifte zu ernsten Aufgaben des
thätigen Lebens.

Nach Frankfurt heimgekehrt brachte er Götz von Ber=
lichingen rasch zum Abschluß (1773). Was diesem nationalen
Drama, dem ersten nach Lessing's Lustspiele Minna von Barn=
helm, an Abrundung der Form, an schul= und bühnengerechter
Durcharbeitung abging, ward in vollem Maße aufgewogen
durch die kräftige Darstellung aus der Geschichte und aus dem
Leben gegriffener Charaktere und die anschauliche Schilderung von
Zuständen, in denen die Gegenwart sich wiederspiegelte. Der Held
des Dramas, Götz mit der eisernen Hand, ein treuherziger
und biederer Ritter, in verworrener Zeit seiner Haut sich
wehrend; in die Handlung verflochten alle die streitenden Ge=
walten, der Kaiser Max, ehrenwerth, aber des Reiches nicht
mächtig, weil „kein Fürst so klein ist, dem nicht mehr an
„seinen Grillen gelegen wäre als an des Reiches Gedanken";
die geistlichen Höfe, der Adel, Städter und Bauern, alle mit
scharfen Strichen gezeichnet, ein Stück deutscher Geschichte, wie
bisher noch kein Dichter, kein Geschichtsschreiber sie dargestellt
hatte, darum allerseits mit Beifall und Theilnahme begrüßt.
„Denn", um mit Goethe's eigenen Worten zu reden, „es ent=
„steht ein allgemeines Behagen, wenn man einer Nation ihre
„Geschichte auf eine geistreiche Weise wieder zur Erinnerung
„bringt. Sie erfreut sich der Tugenden ihrer Vorfahren und
„belächelt die Mängel derselben, welche sie längst überwunden
„zu haben glaubt."

Aber Goethe lebte nicht allein in poetischen Schöpfungen:
es galt ihm, einem bestimmten Berufe sich zu widmen, mit
Männern zu wirken. Die Beschäftigung des Anwaltes, in
der er als Doctor juris sich versuchte, befriedigte ihn nicht:
der Eintritt in den Rath seiner Vaterstadt blieb ihm als

nahen Verwandten von Mitgliedern jener Behörde zunächst
gesetzlich versagt und reizte ihn auch späterhin nicht. Ihn be=
schäftigten lebhaft die Schriften von Justus Möser, „des herr=
lichen, unvergleichlichen Mannes", wie er ihn dankbar nennt.
Möser ging in seiner Osnabrückischen Geschichte auf die
Grundzüge des deutschen Volks= und Staatslebens zurück und
entwickelte daraus die Stellung des Landesherrn und der
Stände. In seinen Aufsätzen, welche hernach als „patriotische
Phantasieen" gesammelt wurden, beleuchtete er mit innigster
Kenntniß des bürgerlichen Wesens, an der Hand eigener Er=
fahrung, sittliche und wirthschaftliche Fragen und verknüpfte
auf lehrreiche Weise die Betrachtung der älteren Gerechtsame
mit den gegenwärtigen Bedürfnissen. Diesem Manne gedachte
Goethe nachzueifern, und die Gelegenheit, in seinem Geiste thätig
zu sein, ward ihm geboten.

Herzog Karl August von Sachsen=Weimar stand im Be=
griffe, als mündiger Fürst die Regierung seines Landes zu
übernehmen und sah sich nach einem geistreichen und vertrauens=
werthen Rathgeber um. In Frankfurt kam er mit Goethe
zusammen (1775), und gleich die ersten Unterredungen knüpf=
ten an den jüngst erschienenen ersten Band von Möser's pa=
triotischen Phantasieen an. Während man dem deutschen Reiche
Anarchie und Ohnmacht vorzuwerfen hatte, zeigte Möser, was
die kleinen Staaten für sich zur Ausbreitung der Cultur nach
den Bedürfnissen, welche aus der Lage und Beschaffenheit der
verschiedenen Landschaften hervorgehen, zu leisten vermöchten.
Daran reihten sich weitere Gespräche über die Aufgaben der
Landesverwaltung. Hiebei gewann Karl August eine so hohe
Vorstellung von Goethe's Einsicht, daß er ihn an seine Seite
berief und ihm eine Stellung des höchsten Vertrauens bereitete,
welche, zu inniger Freundschaft sich befestigend, für den Herzog

und für das weimarische Land reiche Frucht getragen hat. Karl August lernte durch Goethe die Regierungsgeschäfte lieb gewinnen. Den Wohlstand der Unterthanen zu heben, neue Quellen des Erwerbes zu eröffnen, den Künsten und Wissenschaften zu Weimar und an der Universität Jena eine Stätte zu bereiten, bedeutende Männer heranzuziehen und zu fesseln, das war jetzt die erfreuende Aufgabe, welcher Goethe an der Seite seines fürstlichen Freundes sich widmete. Solch ernste Bestrebungen verbanden sich mit der oft überschäumenden Lebenslust, welcher der Herzog und Goethe sich im Freundeskreise hingaben: auch sie hat Goethe im Sinne wenn er sagt: „Meine beste Zeit habe ich mit Ihnen und den Ihrigen verlebt". Das kleine Weimar ward ein Brennpunct für das litterarische Leben in Deutschland, die Universität Jena gelangte zur höchsten Blüte und durfte anderen Hochschulen zum Muster dienen. Diesen Wetteifer, welchen die Mannigfaltigkeit kleiner Staaten zu erzeugen vermag, hat Goethe im Tasso treffend mit den Worten bezeichnet:

> Das hat Italien so groß gemacht,
> Daß jeder Nachbar mit dem andern streitet,
> Den bessern zu besitzen, zu benutzen.
> Ein Feldherr ohne Heer scheint mir ein Fürst,
> Der die Talente nicht um sich versammelt.

Wie viel er Goethe's „seltenen Verdiensten" zu danken habe, erkannte Karl August freudig an. Ich erinnere an sein Wort zu Neujahr 1804: „Du weißt selbst, wie vielen Theil „Du an allem dem, was seit etlichen und zwanzig Jahren „bei uns zum Guten gediehen ist, Dir zuschreiben kannst". Die fünfzigste Wiederkehr des Tages, an welchem Goethe in Weimar eingetroffen war, feierte er 1825 als „das Jubelfest „seines ersten Staatsdieners, des Jugendfreundes, der mit unveränderter Treue, Neigung und Beständigkeit mich bisher in

"allen Wechselfällen des Lebens begleitet hat, dessen umsichtigem
"Rath, dessen lebendiger Theilnahme und stets wohlgefälligen
"Dienstleistungen ich den glücklichen Erfolg der wichtigsten
"Unternehmungen verdanke". Und Goethe hat für seinen Her=
zog das schönste Zeugniß abgelegt in dem Epigramme, das
mit den Worten anhebt:

"Klein ist unter den Fürsten Germaniens freilich der meine;
"Kurz und schmal ist sein Land, mäßig nur was er vermag.
"Aber so wende nach innen, so wende nach außen die Kräfte
"Jeder; da wär's ein Fest, Deutscher mit Deutschen zu sein."

Was Goethe in einem kleinen deutschen Staate wirkte,
ist dem deutschen Volke überhaupt zu gute gekommen. Aber
wie hoch wir auch dieses Verdienst ihm anrechnen, so ist doch
von vornherein nicht zu verkennen, daß es ein enger Kreis
war, in welchem er sich fortan bewegte. Er konnte zwar
in diesem die allgemeinen Interessen humaner Bildung in Kunst
und Wissenschaft hegen und pflegen: aber den treibenden
Kräften eines großen Staates stand er fern, er fühlte sich
nicht berufen, mit Wort und That in die Entschließungen ein=
zugreifen, welche über die Zukunft unseres Volkes entschieden,
und schloß sich im Verlaufe der Zeit immer mehr gegen die
Außenwelt ab.

Zunächst allerdings wurden die Zeitereignisse aufmerksam
verfolgt. Die Auflehnung der englischen Colonien in Amerika
gegen das Mutterland und ihr Kampf um ihre Selbständigkeit
regte Goethe an, zu der dramatischen Bearbeitung des Eg=
mont zurückzukehren, welche er erst nach mehreren Jahren
abschloß (1787), während jener italienischen Reise, die eine
Epoche seines Lebens bildet, auf der Iphigenie ihre volle, reine
Kunstform erhielt und Torquato Tasso der Vollendung ent=
gegenreifte. Im Egmont bewegen wir uns zwar nicht auf
deutschem Boden, aber es ist ein stammverwandtes Volk, dessen

Kampf um sein altes gutes Recht gegen fremde Tyrannei uns
vorgeführt wird. Wie wahr und lebendig hat Goethe in diesem
Trauerspiele wiederum die Volksbewegungen vergegenwärtigt,
wie plastisch die Charaktere gezeichnet, die Statthalterin Mar=
garetha und den starren Herzog Alba, den schweigsamen Oranien
und den lebensfrohen Egmont, mit freigestaltender dichterischer
Phantasie, aber doch ein Bild tragischen Heldenthums. Und
hochherzig hat der Dichter den Grundsätzen der Gerechtigkeit
und Freiheit gegenüber dem spanischen Despotismus in diesem
Drama Ausdruck gegeben.

Uebrigens stand der Herzog Karl August den Verwicke=
lungen der deutschen Staatsverhältnisse in jenen Jahren nicht
fern und sein Briefwechsel sowie die Acten des Weimarischen
Archivs bezeugen, daß auch hierin Goethe mit ihm in vertrautem
Einvernehmen stand und mit dem Herzog arbeitete. Für den
Fürstenbund, welchen Friedrich der Große am Ende seiner
Regierung (1785) zu dem Zwecke stiftete, die Selbständigkeit
der Reichsstände, zunächst Baierns, gegen Josephs II. Ueber=
griffe aufrecht zu halten, war Karl August eifriger bemüht
als irgend ein anderer Fürst und blieb zu gleichem Zwecke
mit König Friedrich Wilhelm II. verbunden. Als Preußen
1790 Anstalt machte, Oesterreich mit den Waffen die Spitze
zu bieten, stand Karl August als preußischer General im
schlesischen Feldlager und beschied auch Goethe zu sich. Nach=
dem der preußische Hof unter Verzicht auf seine Entwürfe mit
Oesterreich sich verständigte und die beiden Mächte alsdann
den von dem revolutionären Frankreich keck heraufbeschworenen
Krieg aufnahmen, war Karl August wiederum auf seinem
Posten im preußischen Heere, und Goethe begleitete den Herzog
1792 auf der Campagne in Frankreich, 1793 zu der Be=
lagerung von Mainz.

Goethe beobachtete die wachsende innere Bewegung in Frankreich, die zunehmende Erbitterung der Parteien, die Zerrüttung der sittlichen und staatlichen Verhältnisse mit banger Sorge. Während viele seiner Freunde noch der Zuversicht lebten, daß aus den Wirren in Frankreich ein verjüngtes Staatswesen erstehen werde, fühlte Goethe sich abgestoßen; sein auf Ordnung und Maß gerichteter Sinn konnte sich mit einem Treiben, das, wie er einsah, zum Umsturze führen mußte, nicht befreunden. Schon die Halsbandgeschichte im Jahre 1785 schreckte ihn „wie das Haupt der Gorgone". In dem Abgrunde, der sich hier eröffnete, erschienen ihm gespensterhaft die gräulichsten Folgen. Von vorn herein fürchtete Goethe, daß auch Deutschland von der Umwälzung ergriffen werden möchte. Daß die Kriegführung der durch gegenseitige Eifersucht gelähmten Mächte der Revolution keine Schranken setzen werde, ward ihm bei dem Feldzuge in Frankreich klar. Ich erinnere an das Wort, das er nach der fruchtlosen Kanonade bei Valmy aussprach:

„Von hier und heute geht eine neue Epoche der Welt„geschichte an, und ihr könnt sagen, ihr seid dabei gewesen."

Mißmuthig trat Karl August im Herbste 1798 aus dem preußischen Heere aus.

Der trüben Stimmung, welche die Vorgänge in Frankreich in ihm nährten, gab Goethe dichterischen Ausdruck in dem Großkophta, der die sittliche Corruption in den höchsten Kreisen veranschaulicht, mit der die Ehrfurcht vor allem Hohen und Großen untergraben war, und in zahlreichen Epigrammen, welche gar manches treffende und bedeutende Wort enthielten. Ich erinnere nur an die Sprüche:

„Alle Freiheits-Apostel, sie waren mir immer zuwider,
   Willkür suchte doch nur Jeder am Ende für sich."

> „Frankreichs traurig Geschick, die Großen mögen's bedenken;
> Aber bedenken fürwahr sollen es Kleine noch mehr.
> Große gingen zu Grunde; doch wer beschützte die Menge
> Gegen die Menge? Da war Menge der Menge Tyrann."

Am schönsten und wahrsten spiegelt sich das Bild der Zeitbewegungen wieder in dem idyllischen Epos Hermann und Dorothea, eine Verklärung des deutschen Bürgerthums, welche von echt vaterländischer Gesinnung eingegeben als eine köstliche Gabe von unserem Volke aufgenommen worden ist. Wie Goethe dachte, bezeugen unter anderen die Verse:

Wahrlich, wäre die Kraft der deutschen Jugend beisammen
An der Grenze, verbündet nicht nachzugeben den Fremden,
O sie sollten uns nicht den herrlichen Boden betreten . . .
Nur der Mensch, der zur schwankenden Zeit auch schwankend gesinnt ist,
Der vermehret das Uebel und breitet es weiter und weiter.
Aber wer fest auf dem Sinne beharret, der bildet die Welt sich.
Nicht dem Deutschen geziemt es, die fürchterliche Bewegung
Fortzuleiten, und auch zu wanken hierhin und dorthin. —
Dies ist unser! So laßt uns sagen und so es behaupten! —

Eine politische Neugestaltung Deutschlands schien ihm damals unmöglich. In den Xenien mahnt er:

Zur Nation euch zu bilden, ihr hoffet es, Deutsche, vergebens.
Bildet, ihr könnt es, dafür freier zu Menschen euch aus.

Auch ein dramatisches Abbild der Zeitbegebenheiten gedachte Goethe zu geben, hat jedoch von dem groß angelegten Entwurfe in der „natürlichen Tochter" nur den ersten Theil ausgeführt, mit feiner Charakterzeichnung, aber ohne damit volle Wirkung erreichen zu können. Denn volksthümlich war diese Dichtung nicht, sie gab mehr Reflexion und Abstraction als lebenskräftige Darstellung.

Enger und enger zog Goethe seine Kreise. Aber vergessen dürfen wir nicht, daß gerade in dieser Periode (1794 bis 1805) ihn die vertraute Freundschaft mit Schiller verband, in welcher unsere beiden größten Dichter in neibloser Anerkennung sich anregten und wechselseitig förderten und dadurch den deutschen Namen verherrlichten; daß Goethe bei den Dramen, deren Stoffe der deutschen Geschichte angehören, bei Wallenstein und Wilhelm Tell, dem Freunde an die Hand ging, und daß beide vereint es sich angelegen sein ließen, die weimarsche Bühne zu einer Kunstschule für Deutschland zu erheben.

Mit Schiller's frühem Tode fühlte Goethe sich verwaist, aber nach wenig Jahren schenkte er unserer Nation wiederum Werke voll Jugendfrische und wirksamster Kraft. 1808 erschien der Faust, von welchem früher nur Bruchstücke gedruckt waren, der erste Theil ganz und Scenen des zweiten Theiles, ein Drama in Inhalt und Form echt deutsch, von tiefstem Gehalte, recht eigentlich eine Lebensarbeit des Dichters, ein Meisterwerk, welches gerade in der Zeit des schwersten Druckes kundgab, was die deutsche Poesie Großes und Eigenthümliches zu schaffen vermochte. Hierauf gab Goethe in den Jahren 1811 bis 1813 die drei ersten Theile von „Dichtung und Wahrheit" heraus, die Geschichte des eigenen Lebens, aber in ihr die Geschichte des Aufblühens unserer Litteratur, ein Trost zugleich und ein Sporn zu fernerem Ringen und Streben. Hier bezeugte Goethe, daß der erste, wahre, höhere, eigentliche Lebensgehalt durch Friedrich den Großen und die Thaten des siebenjährigen Krieges in die deutsche Poesie gekommen sei, welcher vorher ein nationaler Gehalt fehlte; fürwahr ein bedeutsames Wort in einem Momente, als der preußische Staat eben seine erschütterte Kraft zusammennahm und an seiner Verjüngung arbeitete.

Gegenüber solchen Werken, welche das nationale Selbstgefühl freudig erhoben, vermögen wir kaum zu fassen, daß Goethe diese Verjüngung und Wiedergeburt des preußischen Staates, auf der die Zukunft des deutschen Volkes beruhte, nicht mit warmem Antheile begleitete, sondern sich verzagend in den Drang des Verhängnisses schickte. Der Grund lag theils darin, daß er von Jahr zu Jahr sich mehr auf sich und seine Lieblingsstudien zurückzog, theils in den Verhältnissen des Kleinstaates, mit dem er verwachsen war. Herzog Karl August war mit dem Ausbruche des Krieges 1806 wieder in die preußische Armee eingetreten und alsbald in deren Nieder=lage verwickelt worden. Aber der Sieger hatte ihm verziehen und mit den übrigen sächsischen Fürsten ihn in den Rheinbund aufgenommen. Dieser legte harte Verpflichtungen und Leistungen auf; auch Goethe gedenkt des traurigen und bedenklichen Ab=marsches der weimarschen Jäger nach Tirol 1809, wo sie übel zugerichtet wurden. Aber in der Landesverwaltung wurden die Vasallen Napoleon's nicht beirrt: sie durften in ihrem Still=leben verharren. Ueber sie und ihre Unterthanen kam nicht die furchtbare Vergewaltigung, der schnöde Hohn, die aller Verträge spottende Bedrängung und Ausbeutung, welche die Preußen zum grimmigsten Zorne empörten. Goethe ver=senkte sich in Kunst= und Naturstudien; er vollendete die Farbenlehre. Napoleon's Weltherrschaft nahm er als ein unabwendbares Schicksal hin: ihn bemeisterte die Persön=lichkeit des Imperators, der ihn mit Gnade und Auszeich=nung empfing. So gewann er es über sich, im Namen der Karlsbader Bürger Huldigungen für die anwesende Kaiserin der Franzosen Marie Luise zu dichten, welche das, was die Völker so schmerzlich ersehnten, in die höfischen Worte faßten: „Der alles wollen kann, will auch den Frieden". Daher flößte ihm die Erhebung Preußens kein Vertrauen ein. Als er auf der Reise in die böhmischen Bäder im April 1813 nach Dresden kam, besuchte er Schiller's Freund, den Appellationsrath Körner. Dieser erzählte, daß er seinen einzigen Sohn mit Freuden zu der Lützower Freischaar entlassen habe und auf glückliche Zeiten hoffe. Da rief Goethe gleichsam erzürnt aus: „Ja schüttelt „nur an euern Ketten, so viel ihr wollt; der Mann ist euch „zu groß: ihr werdet sie nimmer zerbrechen, sondern nur noch „tiefer in's Fleisch ziehen". Als dies der Freiherr von Stein erfuhr, sagte er ruhig: „Laßt ihn, er ist alt geworden". Als dann die gegen Napoleon verbündeten Heere Sieg auf Sieg erfochten, schrieb Goethe gerade an dem Tage der Leipziger Schlacht in dem Epilog zum Trauerspiele Essex die Worte:

> „Der Mensch erfährt, er sei auch wer er mag,
> „Ein letztes Glück und einen letzten Tag."

Der Entscheidung hat auch Goethe sich erfreut und in dem Festspiele „des Epimenides Erwachen", welches im Frühjahr 1815 in Berlin aufgeführt wurde, sie gefeiert. Eine Gabe für das deutsche Volk war diese künstliche Dichtung nicht. Aber ein echtes Dichterwort war die Widmung des Denkmals zu Rostock, welches die Mecklenburger Stände dem Fürsten Blücher setzten (1819):

> „In Harren und Krieg,
> In Sturz und Sieg
> Bewußt und groß:
> So riß er uns
> Vom Feinde los."

Leichter als seine Theilnahmlosigkeit während des Befreiungskrieges begreifen wir, daß Goethe durch die trüben Gährungen der nachfolgenden Jahre sich abgestoßen fühlte, daß er den Ausschreitungen der Presse, wie in dem Falle der Okenschen Zeitschrift Isis, durch Verbote zu begegnen rieth, daß ihm die Händel der kleinstaatlichen Landstände zuwider waren, während er andererseits auch von der Centralisation kein Heil erwartete. Ihm stand am höchsten die persönliche Freiheit des Menschen zur Entwickelung der ihm eigenen Gaben. Daß in dieser Hinsicht ihm das deutsche Vaterland warm am Herzen lag, bezeugen seine Gespräche mit Luden, mit Eckermann in beredter Weise. Er glaubte an Deutschlands Zukunft und sah mit der bloßen Befreiung vom französischen Joche das Schicksal der Deutschen noch nicht erfüllt.

Goethe's Stellung zur deutschen Nation nach seinen letzten Lebensjahren bemessen zu wollen, würde ungerecht sein. Hat doch auch Stein, der streng richtende, dem Tadel der damaligen politischen Haltung Goethe's hinzugefügt: „aber er ist doch zu groß“. Als Stein das große Unternehmen der Heraus= gabe der Monumenta Germaniae historica in's Leben rief, da ward auch Goethe an seinem siebenzigsten Geburtstage 1819 zum Ehrenmitgliede der Gesellschaft für ältere deutsche Geschichts= kunde ernannt. Er dankte mit den Worten: „Waren meine „dichterischen und sonstigen Arbeiten zwar immer dem nächsten „und gegenwärtigsten Leben gewidmet, so hätten sie doch nicht „gedeihen können ohne ernsten Hinblick auf die Vorzeit. In „diesem Betracht darf ich wohl mich der erwiesenen Gunst be= „scheiden dankbar erfreuen und die Hoffnung nähren, zu jenen „herrlichen vaterländischen Zwecken einigermaßen mitzuwirken.“

Die deutsche Nation wird dessen eingedenk bleiben, daß sie dem Meister Goethe vor allen anderen den Aufschwung ihrer Poesie im vorigen Jahrhundert und ihre Blüte, die Er= frischung und Vertiefung ihres geistigen Lebens und die Er= starkung ihres Selbstgefühles zu verdanken hat. Denen, welche seinen Ruhm schmälern möchten, rufen wir die Worte zu, welche Friedrich Rückert bei Goethe's Tode schrieb:

> Schämt euch, die ihr am alten Stamm, ihr Knaben,
> Das Moos gerupft, vor Männern, die in seiner
> Bewundrung sich herangebildet haben!
> Wo Goethe stand, galt größer nichts noch kleiner;
> Er ging, nun zeigt wetteifernd eure Gaben!
> Doch derer, die ich kenn', ersetzt ihn keiner.